아름다워서 슬픈 말들

권지영 시집

아름다워서 슬픈 말들

달아실 시선
28

달아실

일러두기

1. 본문에서 하단의 〉는 '단락 공백 기호'로 다음 쪽에서 한 연이 새로 시작
   한다는 표시이다.
2. 본문의 맞춤법은 시인의 의도에 따른 것임.

나도 모르는 사이
아무것도 아닌 것처럼

뜨거움도 차가움도
물이 되어 흐른다

생각하지 않아도 찾아오고
고개 들면 곁에 와 앉은

슬픔의 정원
그칠 줄 모르는

당신이라는
시

차례

1부

월광 소나타

어스름이 내려앉은 골목으로 들어선다
울기 좋은 골목 앞에 먼저 온 달이 앓고 있다
달은 등 뒤로 이는 인기척을 알지 못하고
짙은 코발트 하늘을 향해 그렁그렁 목숨을 삼킨다
하루치의 눈물은 어디로 달려갈까

철제 대문 손잡이에 매달린 끈을 잡아당긴다
대문과 마주 보고 있는 작은 방의 현관문
그 안으로 쥐구멍 숨어들 듯 기어들어가
아무도 모르게 잠을 청한다

다행이다 대문을 걸어 잠그지 않은 주인은
언제나 나를 기다리고 있을 터인데
나는 쥐도 새도 모르게 잠입하려 한다
울고 있는 달빛을 묻히고 들어오다
가루를 흘리진 않았던가
겉옷을 털고 신발을 소리 없이 벗었던가
인기척에 들뜬 방문이 열리지 않기를 숨 참으며 기도한다
날이 새면 다시 흔적을 지우듯 방 한 칸과 이별을 해야 할까
〉

모두가 떠나버린 고흐의 노란 방에서 사랑과 우정을 노
래로 만든다
　　달을 이고 떠오르는 바람이 되어
　　달 속으로 걸어가야 한다

　　성한 두 다리로 걸을 수 있으니
　　멀리 가보리라, 더 살아야 한다

키르케의 주문

이제 당신을 오디세우스라고 부르겠어요. 마법의 여신 키르케가 주문을 걸어 당신을 돼지로 만들었죠. 오디세우스, 당신의 웃음은 뚱뚱한 욕정을 채울 뿐이죠. 사랑 따윈 당신에게 없었던 거죠. 신에게 자비를 주소서.

신은 정복하는 자. 다스리는 자. 넘나드는 세계에서 문을 두 개 가지고 있는 자라고 해두죠. 오디세우스, 당신에게 뭉개지는 여인을 기억해요. 머리카락을 휘날리며 눈물을 지었던 어린 여인을. 신에게 자비를 주소서.

달이 비치는 샘에서 당신의 얼굴을 보세요. 어떤 얼굴을 감추고 있나요. 말없이 당신을 바라보던 빛나던 눈동자를 지우세요. 사랑은 기차처럼 지나가죠. 신에게 자비를 주소서.

어두운 적막을 타고 들리지 않는 목소리로 울고 있어요.

죽어도 죽지 않는 밤. 바람이 달을 스쳐가요. 달은 돼지로 변한 당신을 부수려는데 겨우 빛을 내고 이제 봄이라니.

안녕이란 말도 못 듣고 이별을 맞이한 달맞이꽃에게도 실종 없는 사랑을 주소서.

당신의 모리셔스

인도양의 숨겨진 보석
나의 손가락은 지구본의 좌표를 읽는다
표류하듯 떠 있는 섬나라까지는 스무 시간

당신의 눈망울까지 한달음에 내달리는 나는
어느새 태평양을 건너 연중 이십 도가 넘는
당신처럼 온화한 곳에 다다른다

나무껍질을 이은 파라솔 아래
금빛 모래사장에 앉아
두 눈 속으로 에메랄드빛 바다를 채우고
서로의 등을 덮는 석양에 서서히 파묻혀간다

뜨거워지는 바다의 끝에서
당신과 나의 길고 긴 고백이
마지막 작별처럼 흩어져간다

기다림의 끝에 가닿을 숨겨진 섬
먼 그리움을 이끌고 다시 떠오른다

Someone like you

내가 사랑하는 그녀는
기타를 들고 왔다
남자들은 그녀의 노래에 맞춰
흔들거리고 웅얼거린다
밝은 갈색 머리카락이 햇살에 빛난다
남자들은 그녀의 목소리에 박수를 치고
그녀는 평온한 얼굴로 노래를 한다
앵콜은 언제나 그녀를 뒤따른다
축제의 시간이 남자들을 데리고 다닌다
웃고 있는 그녀는 너무나 사랑스러워
누구도 그녀를 사랑하지 않을 수 없다
나의 사랑스런 그녀는
옛 애인과 나눈 대화를 노래로 만들었다
노래의 힘은 그녀를 단단하게 했다
마른 단풍잎들이 황량한 거리를 활보한다
남자들은 예정된 여자들에게 돌아가고
그녀는 내게로 와서 온몸을 접착한다
나는 그녀의 일곱 번째 또는 열 번째 애인
그녀가 모르는 그의 노래

그녀가 부르는 그의 풍경이다

* Someone like you: Adele의 곡 제목

모래맨

눈이 먼 엄마는 방문 밖에 있어요
방 안에서 들려오는 소리에 귀를 기울이시겠죠
나는 꼼짝하지 않아요
선생님의 손이 머리를 치고 목을 흔들어도
내 안에선 모래알들이 목구멍으로 우르르 내려갑니다
얇은 식도를 따라 위장의 점막들이 퍼석거려요
공책이 머리카락을 때릴 때마다
마른 침을 삼킬 때마다
모래가 주먹을 쥐어요
내가 무슨 잘못을 했는지 알지 못해도
화를 내는 선생님께 물을 수 없어요
나는 눈을 피하려 고개를 숙이고 말아요
내가 말을 하면 우리 엄마가
우리 식구들이 더 미안해질 것만 같아요
내 속에선 모래맨이 살아요
앞을 보지 못해 나를 더 보려 하는 엄마와
눈을 맞춰요
내 눈이 엄마의 눈을 닮을까
다시 모래알들을 삼킵니다

몸에 난 피멍이 옅어지고 줄어들면
벚꽃이 핀 강변을 엄마와 함께 걸어요
나 혼자만 힘들면
우리 엄마가 덜 속상하니까
모래맨은 눈이 없지만 난 벚꽃을 볼 수 있으니까

-2020.2.17. 에포크타임스 기사, MBC 〈실화탐사대〉(1.17 방송) 11살 정훈이

이상한 나라의 엘리스

꼭 잠을 자요
그래야 이야기가 생겨요
언니 몰래, 또는 엄마 몰래
그게 동화스러워요
토끼가 서두르며 달려가요
뜬금없이 나타나야 단번에 집중할 수 있죠

카드나라의 여왕님은 엘리스가 남기를 바랐지만
엘리스는 두려웠던 거예요
병정들이 쫓아온다고 생각했던 거죠
회중시계를 보는 토끼는 점잖은 신사라
뛰어가지 않아요 나무속으로만 들어가면 되거든요

착한 엘리스는 차를 따라주고
말벗이 되고 싶지만 시간이 없어요
꿈속에선 늘 촉박해요
토끼는 자꾸 포켓 속 회중시계를 확인하고
엘리스는 토끼에게 말을 걸고 싶어요
〉

쌍둥이가 똑같은 옷을 입고
똑같은 음식을 먹으며
큰 소리로 똑같이 웃어요
착한 엘리스는 토끼를 잊어요
이상한 나라에선 밤도 없이
시계 바늘 돌아가는 소리가 들려요

토끼는 재빨리 엘리스 앞에 걸어와
한마디 하죠
"큰일이야. 비가 오기 전에 가야 하는데."
토끼가 우산 대신 커다란 마법사 모자를 누르며
회중시계를 돌려요
꿈인 줄 알았던 이야기는
토끼가 마술을 부린 거였죠
동화 체험 나라에 오신 것을 환영합니다

여름의 외부

유리볼 안에는 눈이 나린다. 오늘도 투명한 세상의 안쪽에서는 온통 맑음이다.

유리볼 외부로 여름이 흐른다. 어린 날 떠나갔던 아버지의 풍경은 드문드문 눈송이처럼 하얗게 나린다. 때가 되면 통과의례처럼 찾아와 만년필이며 요긴하게 쓰일 선물을 가슴옷자락에서 꺼낸다. 어색한 시선 아래 시간은 온몸을 관통한다.

찻잔을 잡은 둥그렇게 만 두 손으로 시곗바늘 소리가 꽂힌다. 날이 선 초침이 심장을 겨눌 때마다 어디선가 터질 듯한 비명이 들려온다. 찻집 안에는 시계만이 살아 있는 생물이 되어 마주 앉은 두 심장 사이로 눈을 뿌린다.

유리볼 안은 눈이 나리고 바깥은 여름인 시차를 드문드문 짚어간다. 똑 똑 똑, 카운터의 나무탁자를 두드리며 여름의 바깥으로 뚜벅뚜벅 들어선다. 가슴은 후텁지근한 바람에 녹아든다. 눈은 횡단보도 앞에서 주름이 깊어가는 남자의 등 뒤로 순식간 사라져간다. 더운 나라에서의 여행을 마치고 돌아와 시차 적응이 안 된 나는 낯선 길을 눈으로 더듬는다. 길 건너 골목 안으로 다시 또 눈이 나린다. 여름이 쟁쟁한 거리에서 건너편의 풍경이 흐림으로 떠

돈다. 풍경의 외부로 저물어간 사내 하나 뚜벅뚜벅 눈 사
이를 하얗게 걸어간다.

* 여름의 외부 : 김애란 소설 『바깥은 여름』에서 변주

하리보에 대한 단상

눈을 떠보니 부재중 전화 두 건
읽지 않은 카톡이 빨간 표시등으로 서 있다
시간을 거슬러 어제의 이름들과
오늘의 안부를 마주한다
그리운 이의 이름은 찍히지 않는다
그의 목소리는 어디서 잠을 자고 있던가
나는 못 마시는 술에 취해
밤새 걸었다
강변에 가려 했으나
이 도시엔 강이 없다
강이 없는 도시는 갇혀 있는 것 같아
그래서 더 걸어야 했다

기약 없는 시간 속에서 택배가 왔다
젤리 젤리 젤리 젤리
아이의 얼굴을 들여다보듯 제각각의 얼굴들에 눈을 맞
춘다
곰돌이들은 여섯 가지 원색들로 이루어졌고
애벌레들은 저마다의 표정을 지니고 있다

정형화된 모양 안에 여섯 가지 감정과 빛깔들이
말랑함과 쫀득함으로 무장했다
슬픈 기억이 없는 얼굴이어서
버틸 것도 버릴 것도 없다
이제 다 그만이다

그리운 이름은 무채색으로 살아 있어
가끔 센서가 부착된 것처럼
적당한 타이밍에 나타난다

박각시나방의 우주

만의사萬儀寺에는 백일홍이 피어나고
진분홍 치마를 입은 꽃잎 위로 벌들이 온다
이름 없는 벌들 사이로
벌들의 네 배 크기인 박각시나방도 날아온다
긴 대롱을 우물에 드리우며 벌벌 떠는 박각시나방
파득거리는 날개 사이로 운석이 무수히 떨어진다
진분홍 은하수를 건너는 초당 날갯짓은
우주를 떠도는 이름 없는 존재들을 부른다
그들의 비행은 노란 우물에서 걷어 올린 두레박을
재빨리 옆의 우물로 옮겨간다
꿀물이 뚝뚝 초록잎을 적시고 다시 샛노란 우물 안에는
긴 두레박이 내려간다
가을볕에 반사된 나방의 얼굴은 온통 눈뿐이다 눈,
커다란 눈에 비친 노란 우물 속에
점점이 박혀 있는 꿀을 빨아당긴다
지구의 중력이 대롱을 끌어당기고
고장난 라디오의 어긋난 주파수 소리가 진동을 한다
박각시나방은 소리에 예민해 미세한 걸림돌들을 걸러
백일홍을 건넌다

발레리나 치마처럼 펼쳐진 백일홍 꽃잎 사이를 두려움
없이

다만 소리에 주의하며 건너간다

오래도록 잊었던 가을볕의 무늬를 껑충,

엔진 소리도 없이 움직이는 발 빠른 존재들을 부르며

파르르 미세한 전파를 흘려보낸다

벌들은 해가 지기 전 이름 없는 운석들의 소식을 타이
핑한다

돌탑을 쌓으며 저물어가는 산 그림자를 뒤로하고

검은 기와에 쓴 이름을 기도로 부르는 운석 하나

찰나를 살아가는 박각시나방의 위태로움과 위대함

사이를 운 좋게 지나간다

볼리비아 우표

가로 세로 2cm 작은 그림이 담긴 역사책
그 작은 우표를 보고 볼리비아에 간 너
우유니 사막을 바라보는 너의 눈은
모니터 화면에 머물러
하얗게 빛나는 소금 알갱이들로 은유를 빚어간다
영국과 프랑스 사이의 도버해협처럼
두 나라를 연결하는 해저 터널처럼
우리 사이에도 바다가 흐른다
보이지 않는 핏줄로 연결된 붉은 바다에서
기억은 융기되고
원망은 소금처럼 말라간다

바다가 사막이 되기까지
먼 시계추를 돌려 우표 안으로 들어간다
오랫동안 타들어간 우물의 바닥처럼
너의 눈에 건조한 바람이 분다
정물이 된 너의 모습에
꼼짝없이 내리쬐는 햇빛
볼리비아와 파라과이, 그 사이에 낀

그란차코가 되어 싸워야 하는 시간
조몰락거리는 손끝으로 매만지면
네 삶의 결정체들이 부서지듯 빛난다
거기 아주 오래전 사막이 된 바다
너는 바닷물이 마르고 말라서
하얗게 빛나는 결정체
모두의 찬사에도 햇빛의 절반을 받지 못한 채
그리운 얼굴은 사막처럼 말라서
점점 더 멀어져간다
우표책에 끼워둔 작은 역사들
하나둘 말을 꺼내려 한다

* 볼리비아 우표: 강이라 소설집 제목

방화

불을 질렀어요
원수의 방에
밤이면 이글거리는 맹수의 눈빛을 피해
볏섬 위에 잠을 청했어요
고달픈 잠은 순이를 깨우지 못하고
또다시 원수의 방으로 압송되었어요
아궁이에 불을 지피며
솟구치는 눈물에 팔뚝이 다 젖어가요
타닥 타닥
풍세에 일어난 불꽃처럼 번득이며 일어섰지요
가늘게 떨리는 손으로 성냥을 품고
뒤꼍 추녀부터 시작했어요
불길,
타오르며 순이는 뛰었어요
마른 가을밤은 깊은 잠에서 깨지 않아요
붉은 기운이 화르륵 돋았다가
밤의 윤곽을 조금씩 갉아 먹어요
어두운 밤빛의 깍짓동은

긴 잠에서 무서운 꿈을 덮칠까요

* 현진건의 「불」에 나오는 '순이'와 '원수의 방' 차용.

슬픔에 상상씨를 뿌려요

세상에 없는 느낌들
감정을 망각하는 도서관

어문의 바다에서 밀려드는
다양한 맛을 시음하며

빽빽한 미로에서
수많은 길을 드래그한다

서가에 꽂힌 빽빽한 활자들에도 무너지지 않은 채
너무 모른 척, 출렁출렁

노을이 접히는 바다에서 소매를 적시며
빈 의자에 정박한다

저녁 그림자가 밀려들 때까지
나의 입은 사물함에 보관하고

혀에 날개가 돋을 때까지

구름을 돌린다

결국 들춰보면 나를 닮은 활자들이
나를 몰아세운다

거듭 새롭게 시작되는 의자에서
주름진 책표지를 닦으며
상상씨가 오고 있다

별의 소식

절망은 최고를 기다린다
최고의 순간에 파멸을 부르는 주술사
기다렸다는 듯 터진다

오해는 이해를 이해하지 않고
이해는 오해를 바라본다
입에서 마른 침묵이 흘러내린다
오해는 들으려 하지 않기 때문

유명한 사람들은 불행을 등지고
스스로 돌아보는 법을 잊는다

걸려 있던 유리잔을 옮기려는 순간
손에서 미끄러지고
쨍그랑,
뉴스가 떠다닌다

모니터 안 세상에선 심한 가뭄으로
단수가 이어진다

유명했던 그는 세상과 단절된다
어떤 날은 별들이 모두 웃고 있지만
어떤 날은 별들이 슬퍼 보이는 이유

눈에 보이지 않는 것을 읽기 위해
소리에 귀를 기울이는 동안
별이 되는 소식을 접한다

철쭉을 따라 나비를 따라

친구 집에 다녀오는 길
연분홍 꽃잎 위로 노란 나비 한 마리 나풀거리고 있어요.
나비 따라 내려앉는 눈길 아래로
내 치마처럼 펼쳐진 꽃잎이 활짝 피어나고
나비는 한 잎, 한 잎 인사하며 지나갑니다.

길가를 지나가는 순사 아저씨 나를 보고 따라오라 부
릅니다.
　말없이 서 있으니 내 손을 잡아끌고 파출소로 들어갑니다.
집에 가야 하는데
우리 집을 물어놓고는 기다리라고
차 한 대 와서는 태워준다 해놓고
그 길이 영영 멀리 가는 길인 걸
너무 늦게 알아버렸습니다.

　연분홍 꽃잎이 한들한들 손 흔드는 꿈을 꿨어요.
　엄마의 애타는 얼굴이 다음 날도 그 다음 날도 나를 찾
아와요.
　어두워진 동네를 빠져나오고 어디론가 달리고 또 차를

갈아타면

  또래들이 타고 언니들도 탑니다.

  우리 집에 가야 하는데, 엄마한테 가야 하는데

  우리 집에 보내달라고 해도 기다리고 있으라고 합니다.

  낯선 말들이 들려오고 모르는 군인의 얼굴들

  낯선 다리가 내 앞으로 철커덕 시간의 문을 잠급니다.

  노란 나비가 낮에도 밤에도

  눈이 내리는 하얀 겨울에도

  손바닥만 한 창 사이로 날아갑니다.

  나비만 따라가면 연분홍 치마를 닮은 철쭉이 있을 테지요.

  엄마 아빠 언니 오빠 동생 목소리를 싣고 도란거리며

  꽃송이를 피우고 있을 테지요.

2부

우리의 날갯짓은 정적으로 흔들린다

눈물 없이 우는 새 한 마리
하늘을 가르며 날아간다
나는 눈물 없이 우는 법은 익혔으나
하늘을 나는 능력은 아직 없기에
언젠가 새들처럼 하늘을 날게 되면
밀린 대답들을 시원하게 내지를 수 있을까

누구에게나 삶은 호락호락하지 않아
하루하루를 치열하게 살아간다
마음을 다쳐 말을 잊은 이
시간의 덩어리를 타고 부유한다

새는 날개의 균형과 공기 저항으로 하늘을 난다
바람을 가를 때는 정적을 깨며
산비탈을 가파르게 오르는 기분이다
누군가를 부르려
나뭇가지에 내려앉는 새 한 마리,
모든 공기를 억누르고 가만히 다정하다
〉

눈물 없이 우는 법을 그때 배웠지
울기 위해서도 균형이 필요해
삶의 중심에서 나가떨어지지 않게 평형감각을 길러야 해
서투른 나는 이따금 흔들렸지
바람이 거칠게 뺨을 때릴 때에 한없이 울고만 싶었지
소리 내지 않고 우는 법을 익혔지만
빗속에서 이별을 맞이할 때는 소리가 소리를 먹었어

풍경

모든 것들이 풍요로운 만큼 어려운 시절이다
평온한 가운데 가난한 하루가 저물어간다

평온과 가난의 함수관계가 공교로워서
아파트 사이로 번지는 노을이 슬프다

뜨겁게 타오르거나 눈시울이 젖어드는 것은
세상으로부터 멀어지지 않으려고 애쓰는 까닭

노을 속으로 걸어가는 매일 고백하던 남자
어깨가 들썩이며 등 언저리가 타오른다

기적은 어디에도 일어나지 않아
도망가기 좋은 날이라던 친구는
시동 켤 준비를 하고
흙탕물이 잦아든 곳에서 여린 줄기
노을빛 적시며 피어난다

기적은 가장 밑바닥에서만 일어나는지

아직은 모조리 엉망진창은 아니어서
잃고 잊는 중이다

모호한 정의를 무시하며
아침마다 물어오는 안부
무사히 잘 있다

물고기의 통증

노르웨이에서 물고기의 인도적 도살 지침이 내려졌다
확실히 기절시킨 뒤 도살하기
표정 없는 물고기의 통증이란 어떤 것인가
벌 독에 꽂힌 아가미가 벌떡벌떡 뛴다
모르핀 주사 바늘에 잠잠해진 물고기는 기절을 했던가
물고기를 가장 잔인하게 죽이는 방법은 공기 중에 그냥
두기
양식되어 자란 산천어는 축제를 위해 닷새 전부터 굶주
린다
시멘트 양육장에서 내장이 깨끗해진 채로 대기하다
빙판 밑 찬란한 유영을 끝으로 사람들이 던진 낚싯바늘
에 걸려든다
죽음의 과정 막바지에 다다르면 빙판 위에서
숨이 끊어지기를 기다리다 화로에서 마지막을 완성시
킨다

죽음에 이르는 삶이 기획되어 있다 매주 새로운 생이
태어나고 수송차에 실려 온다
시멘트 수조 안에 숨을 데라곤 없다 수송차에서 마지막

을 버틸 수도 없다

들려지고 잡혀온 가둠의 끝에서 영광스런 열림은 생을 닫는다

표정이 없다 물속에서의 자유로운 지느러미만이 표정이 있을 뿐, 감지 못하는 눈동자는 아가미만을 들썩이다 이내 모르핀 주사 바늘에 찔린 것처럼 잠잠해져간다

낚싯줄에 걸려 파득거리던 몸이 생선구이 접시 위로 안착된 후에도 물고기의 눈동자는 통증을 잊었다

나의 죽음에 대한 지침이 내려진다면 아주 짧은 순간 이루어진다는 것만으로도 가장 확실히 안전할 것이다 얼음판 같았던 지상 위에서 서서히 말라갔으므로. 더딘 죽음의 과정을 살아오느라 아가미는 거의 닫힐 지경이니 가장 빠른 기절이 가장 안전하다

노래의 길

절벽에서 피는 꽃은 고귀하다
절망에서 일어나는 그대여
비에 젖은 몸을 털어내자

매일 찾아드는 어둠에게
나는 젖은 노래를 해주리
악보에 따라 숨을 쉬며
유언 같은 노래를 부르리

노래는 미로의 길에서 마주친 선물
변덕스럽지 않은 애인처럼
마지막이 저물도록 함께하는
궁극의 시작이다

독전을 독람獨覽하다

나의 어머니, 나의 조국, 나의 이름
어느 것도 내 것이 아닌, 내가 아닌 채로
밀항하는 배에서 떠내려와 죽은 듯이, 죽어가는 사람들

독한 자들의 전쟁
독해야만 살아남을 수 있는 세상에서
웃음을 잃은 채
우리가 잃어버린 것을 모두 가진 채로
행복한 적이 한 번도 없던 것처럼 살아간다.

총은 있고 손은 없는
설원 속 고요한 집
소리는 있고
또다시 얼굴은 없다.
한 발의 총성으로 길게 뻗은 길이 클로징 될 뿐.

* 독전: 영화 제목

달래간장

달래 알뿌리를 다듬다가 뉴스를 들었다
가장 소득이 낮은 직업 1순위라 했다
직업이라 불리는 것도 신기한 시대라 하고
교수이자 시인이면 아니라고도 했다
전업 작가가 아닌 전업 시인은 날마다
시 공장으로 출근을 하고 시를 생산하고
키우고 가꾸고 포장하여 팔아야 한다
마케팅과 영업은 시인의 일인가
시인의 회사는 어디인가를 생각하다가
시인이 직업이 될 수 있는가를 유기적으로 생각한다
1인 기업이면서 사장님이기도 하고
영업사원이기도 하며 비서이기도 한 시인은 거대하다
달래 알뿌리의 흙을 털고 물에 씻고 다시 다듬고
여러 갈래의 뿌리들이 가지런히 정리된다
시를 읽지 않는다는 시대에
누구나 시인이라는 말에서 맵싸한 맛이 난다
시의 뿌리가 어디이든 그의 직업이 무엇이든
시를 쓰려는 이는 끊임없이 늘어난다
하나의 씨앗에서 싹을 틔우기 위해 뿌리를 만들고

줄기를 세우는 일이 시와 다를 것이 없건만
시인이라 불리는 것이 부끄러운 것은
그 거대한 이름 앞에서 유기적이지 못하기 때문이요
시인이라 불리는 것이 감사한 것은
시를 쓴다는 것을 상기시키기 때문이다
우리나라 대표 가난한 직업군 1위는 시의 밭에서
시의 옷을 입어 별다른 구색이 필요 없으므로
그대로 고유하다

에어컨 광고

116-2번 버스가 신호에 걸려 섰다

무더위 철벽방어—하이마트 에어컨대전

뒷좌석 창문에 붙은 광고 박스 안 글자들
무더기 태양광선을 막아내고 있다
버스 안에는 빵빵한 에어컨이 나온다
무더위를 잊은 손님들은 다시 찜통 거리에 내려
미간을 찌푸리며 서늘한 건물 안으로 들어간다
건물마다 에어컨 실외기가 빽빽한 얼굴이 되어
도시를 채우고 있다
버스가 나르는 글자들이 시내에서 매일
광고비만큼 노선을 회차한다
버스는 뜨거운 태양 아래 철벽방어를 사려는
사람들을 태우고 도시는 집집마다 열기를 내뿜는다
여름이 길어지고 겨울은 눈을 잃어간다
무더위가 찾아들어 갈 곳 잃은 북극곰들
떠내려온 에어컨을 붙잡고 빙하를 건넌다
조각난 빙하들이 떠다니는 서울의 한복판

무더위
철벽방어
에어컨
대전
이글거리는 태양 아래 돌고 도는 길
나의 지구

걷고 있는 피아노 소리

허공에 내지른 곰의 앞발이 툭,
연주회에서 울리는 피아노 소리에 따라
노르웨이 숲속의 일렁이는 햇살을 밟는다
곰은 나무에 표식을 하기 위해
단단한 혀로 온기를 핥는다
높은 비자나무 꼭대기에서
안개처럼 피어오르는 음표들이
물가를 찾는 아기 곰의 등으로 내려앉는다

조화를 갈망하던 서로 다른 관객들
스피커로 울리는 외로움을 더듬으며
공연장 문을 나선다
손에 든 항공권에는
굵은 숫자의 좌석이 찍혀 있다

장시간의 비행을 마친 조명이
아기 곰의 꼬리를 따라 멈춘다
청소기에 달린 선이 방문 옆에서 턱,
모서리를 따라 앵콜은 무대를 떠나간다

소안도의 거침없는 물결

파도가 쉬었다 가는 곳
항일의 땅, 해방의 섬 소안도

완도에서 한 시간 소안항까지
대한호, 민국호, 만세호가 바닷길을 달린다.

태극기가 일 년 내내
집집마다 펄럭이며
뭍에서 오는 햇살을 맞이한다.

거침없는 물결이
노래로 이어지는 섬

깃을 세워 우뚝 선 겨레의 마음 모아
오늘도 아름다운 함성이
섬 곳곳에서 펄럭이고 있다.

팬데믹

마스크를 줄 서서 산다
요일별로 산다
나눠서 산다
사지 않는다

영화에도 없던 장면이다
모든 사람들이 마스크를 쓰고
밥을 따로 먹고
집 밖에 나가지 않는다

마침내 재난영화가 현실이 되고
공상과학영화가 다가오고 있다
아무도 미래를 믿지 않는다
볕 좋은 날
누구도 꽃구경을 가지 못한다

봄날의 축제가 바이러스로 죽고
구원받으려는 자들은
자비 없이 바이러스를 퍼뜨리고

헌금으로 지은 궁전에는 늙은 여우 하나
무심한 세월을 쌓아올렸다
우리가 모르는 사이
공작원처럼 곳곳에 퍼진 바이러스

오랑시에서 건너온 쥐들이
십자가로 몰려들었다는 소문은
감염병처럼 퍼졌다
잡고 뿌리고 잡고 뿌리고
쥐들이 숨을 데가 없어 손을 들었다
구원은 가장 낮은 데서부터 온다
아직도 착한 사람에게 용이하다

아버지의 뒷모습

　종로3가 보수된 돌담 아래 후미진 뒷골목, 실내포차 투명한 비닐 사이로 대낮부터 얼굴이 붉어진 남자들 빙 둘러앉아 큰 소리로 웃고 떠든다. 드라마에서 막 나온 듯한 빨간 립스틱의 이모가 껌을 씹으며 단골손님들의 상을 내준다. 낯선 구두 소리에 뒤를 돌아보는 눈빛들, 내 걸음은 오토바이처럼 빨라진다. 간판 없는 중국집엔 맨손으로 단무지와 양파를 담는 무표정한 얼굴, 하루치의 배달이 인스턴트 감정으로 접시에 쌓인다. 배달이 없는 사이 가게 앞 문턱에 쪼그리고 앉아 담배를 피우며 돌담 위 삐져나온 나뭇잎들의 흔들림을 읽을 뿐이다. 양파 껍질을 셀 수도 없이 까내며 찌푸린 눈살만큼 하늘이 까마득해진다. 탕수육이 든 까만 봉지를 들고 눈앞에 아장거리는 딸아이의 시선으로 오토바이를 몰고 간다. 종일 마주하는 종묘 담벼락 앞에서 켜켜이 쌓인 하루를 돌아 나와 한미보석감정원을 지나쳐간다. 종로3가역 입구에는 지하철 보수공사가 쓰여 있고 긴 하루의 가드레일을 비켜 중국집 오토바이 바튼 기침을 내뱉으며 지나간다. 아버지라는 이름들의 공통된 뒷모습을 싣고 다정함이라고는 묵은 접시에 쌓으며 부왕—

　　〉

거친 손이 된 우리 아버지
꽃미남 청춘 뒤로 기울어진 집을 이고
집을 버리고 가족을 이고
떠돌 듯 박혀온 마디마디의 삶
어디 한 번 흥한 적 있으랴마는
텃밭의 온갖 풋풋함을 안주 삼아
평생 속정 꺼내주지 못해
큰 목소리로 쿵쿵 밤새 쿨럭—

글자 놀이

신문에서 마음에 드는 단어, 조사, 동사를 오린다
지면에서 탈출한 말들은 한동안 둥둥 떠다닌다
머릿속에 촉수를 세우고 눈으로 안드로메다까지 갔다가
책상 위에 버젓이 축지법을 최고조로 올리고 조합을 나
열한다

선택받지 못한 단어들은 낱낱이 진해진다
잉크 냄새를 풍기는 지면 속 글자들의 구설수
어떠한 기사도 너와 내가 아닌 세상
버젓이 면밀히 기록된 사실과
웃지 못할 그림자들

글자는 그림자를 만들지 않기에
수없이 쏟아진 까만 활자들에서
이미지만이 우뚝 서 있다
일기 예보에 그려진 해와 구름에 따라
나의 표정은 일그러지기도 하였으므로
생활 지수는 그날그날 바람이 불었다
〉

까만 행간 사이로 비집고 들어갈 수 없는
허공은 먼지처럼 사라져간다
잘 지워지는 지우개가 쓱쓱 밀려나가듯
다른 사람들은 쉽게 하는 아주 흔한 말들을 하고 싶다
입 밖에서 어렵게 기워지고 꿈틀대는 말들이
가깝고도 먼 풍경이 된다

기억 속의 너
— 세월호 아이들을 그리며

파란색일까 너에게 가는 길은
하늘거리는 물결 속으로 나는 걸어가

하얀색일까 너를 떠올리는 나는
종종거리며 오가던 많은 말들이 차올라

너에게 가는 길은 너무나 가까워
늘 내 마음속에서 이야기를 하고 있어

네가 곁에 있지 않아도
나는 너를 들을 수 있어

네가 말을 하지 않아도
나는 너를 볼 수가 있어

가끔 넘실대는 그리움이 파도를 쳐서
눈물로 너를 그려
〉

그림 속에서도 나를 향해 웃고 있는 네가
나를 위로하지

까만 밤을 수놓은 별들이
오늘 밤 따라 너무나 멀어

민들레

어제의 말들과 오늘의 사건들로
세상이 시끄럽다

좋은 것보다 나쁜 것들이 많은 것처럼
말이 무성하다

길가에는 며칠 전까지 보지 못했던
노란 민들레 한 송이 저 혼자 피었다

빗줄기와 바람에 몸 씻고 말리며
저 혼자 피었다

가장 낮은 곳에서
햇빛 오롯이 받으며 환하게 피었다

세상 보란 듯이
세상 다 잊은 듯이

표류하는 오월

오월 속에 표류하다
정박,

꽃이 꽃인 줄 모르고
떠남이 이별인 줄 모르고
손 내밀면
아무것도 닿을 수 없다는 것이
메마른 기도 같아서

아무것도 아닌 것들이
의미가 되었던 순간들

비가 내리고
다 가버리고

우는 법을 잊었다
그저
잊는 법만 남았다

3부

허기진 밤

형광등이 깜빡이다 나갔다
불이 꺼진 방 안은 긴 무덤이 되었다
생명이 없다 생각한 것들에서
약간의 섬뜩함을 느끼는 순간이다
불빛은 잃어버린 기억처럼
되살아나지 않았다
죽은 듯이 가만히 있다가는
그대로 어둠에 묻혀버릴지도 모른다
내 몸이 점점 무거워지더니
바닥과 가까워지고 있다
더듬더듬 벽을 짚으며 탁, 탁
스위치를 두 번 눌렀다
기다란 관에서 수은과 아르곤이 부딪친다
빠직— 다시 불이 들어온다
꺼질 것 같은 불안감으로 형광등을
바라본다
탁,
불빛은
키스처럼 짧고
허기진 밤이다

시간의 바깥

나는 지금 시간 속에 있다
그는 나의 몸 어디에도 스치지 않으나
나는 그의 속에 깊이 들어와 있다
그의 품은 차갑지도 뜨겁지도 않고
나는 그 안에서 가끔 울음을 멈추며
그의 텅 빈 어깨에 기대어 멍하니가 되기도 한다
어디선가 어둠을 깨며 부스럭거리는 별빛 하나
그의 손끝에 닿은 허공이 어둠만을 토해낸다
삶이 가난해서가 아니라 가슴이 말라버려
별 보는 일도 잊어버린 날들
빈틈없이 꽉 들어찬 공허 속에서
고독의 자리마다 열리는 열매 한 알
빽빽한 시의 마디 어디에도 나는 없고
텅 빈 들녘 어디에나 나는 있다
언젠가 당신과의 조우에서
별똥별이 수놓을
시간의 바깥

천 개의 바람

침묵과 고요 속에 침잠하려는 울음이
벌컥벌컥 솟구칠 때가 있다
까닭 없이 눈물이 터져버리는 저녁
하루의 마지막 빛이 닿는 운주사에 가
돌로 만든 사람들의 무거운 눈을 내려준다
독기를 다 빼고 땅에 뿌리를 내린 각진 얼굴
회색빛 안면에 돛대를 숨긴 파도의 손바닥이
돌기둥으로 남았다

바다의 말을 모두 집어삼키고
풍랑마저 침묵의 시간이 스며드는 겹겹의 지층들
파도를 피해 태양을 등지고 스스로 그늘 속으로 든다
섬마다 하나씩의 얼굴을 지니고
뱃전에 잘려나간 바다의 조각을 가진 채로
땅에 내동댕이쳐진 머리에는
상실의 흔적을 지운 우물이 비친다

부처의 얼굴이
핏자국 없이 아프다

가라앉은 섬이 되어
모든 눈을 감고 소리를 먹고
울부짖음을 내려놓는다

굽은 허리 숙여 마주하는 우물의 거울 위로
그늘의 표정이 비친다
난파한 흔적들을 지우려
등을 돌리고 앉은 부서진 용골을 위해
원형 탑을 돌아 발우공양을 올리는 저녁
미처 올려다보지 못한 천불천탑을 뒤로한다

엄마, 엄마

엄마들은 소리 없이 기도한다
밤낮으로 잊은 듯 오래
목소리를 꺼내지 않고도 살아가는 일이
기도가 된다

해가 지면 엄마는 마법을 부린다
아이는 엄마에게 안기고
동그랗게 들어간 깊은 잠에서 고치를 튼다
휘감긴 꿈속에서 긴 날개를 달아
시간을 알 수 없는 빈 방으로 날아들면
캄캄한 어둠 속에서 울어본 기억 없는
아이가 먼 숨소리에 까무룩 잠이 든다

엄마의 가슴은
몰아치는 폭풍우 속에서도 꺼지지 않는
촛불을 밝히고
하루가 바뀌는 틈새에서
안도를 내쉰다
〉

엄마는 엄마는
젖살이 둥글게 오른 그 아이를 얼마나
품고 싶었을까
울지 않는 법을 가르쳐주려고
얼마나 몰래 울었을까

미망에 관하여

1.
(멀리 넓게 바라봄)

할 일이 있었지
코를 박고
머리는 사십오 도를 유지했지
커피를 한 잔 내리고
다시 의자에 앉았지
등 뒤로 저녁이 밀려들었지
한 세계가 무심하게 먼 곳으로 밀려났지
나만 두고 가버렸지
네가 간 빈자리에 핀 불빛들만
총총 불을 밝혔지

2.
(남편은 죽었으나 따라 죽지 못하고 홀로 남아 있음)

나는 섬에 갈 거야

올해는 섬에 가는 게 내 목표야
꽃섬에 들었다가
가의도에서 머무를 거야

섬과 섬이 만나
바다를 떠다녔다
섬은 육지가 되는 법을 몰라서
서로에게 가닿지 못했다
배가 드나들고
다리가 생기기까지
여행하는 법만 배웠다
그게 사랑인 줄 알고
그게 섬의 생애인 줄로만 알았다

3.
(잊으려 해도 잊을 수가 없음)

몽돌 해변에서

바다가 우르르 몰려드는 소리
돌멩이들이 자지러지는 소리
두 발을 총총거리며
까르륵 뛰어다니는 소리
파도가 시간을 잡아먹는 소리
꿈인 듯 와락 달려드는 밤

4.
(사리에 어두워 갈피를 잡지 못하고 헤맴. 또는 그런 상태)

문을 닫고
숨어서 울고 있었다
폐허의 심장에 불을 끄고
세상의 울림이 더는 빛나지 않았다
방문이 열리고 빛이 새어들까 두려워
옷소매에 고개를 파묻고 먼지처럼 고요히
다시 젖은 세상을 닦고
소매를 털어내며 주위를 외면한다

햇빛은 통곡하기에 적절하고
정적은 눈부시도록 구겨진다

살몬색 제라늄

철을 모른다
일 년 내내 저 혼자
꽃대를 세우고
줄기마다 대식구를 데려와
적막한 집 안을 밝힌다

세상의 모든 고난을 짊어진 성자처럼
고개를 숙이고서
모아놓은 빛을 내어놓는다

하나에서 또 하나로 이어진 줄기
하나의 잎이 나고 또 잎을 키우고
오롯이 꽃만을 돋보이게 하려고
키 큰 사다리를 세운다

폭죽처럼 피어나는 송아리들에게
귀를 쫑긋 세우고 그들의 말을 듣는다

겹겹이 사연을 운명처럼 담아둔

말없는 순교자의 진리가 평화롭다
온몸으로 포교를 하는 순한 제라늄
또 한 잎의 몽우리가 고요 속에서
말을 건넨다

스펀지

얇은 솜 위에 올려둔 콩이
물을 머금더니 발이 튀어나오고
햇빛 닮은 쉼표 하나 찍어준다
초 단위로 살아서
사방으로 뻗어가려고
가녀린 침묵을 세운다

연두로 물들이는 세상 아래
촉촉한 스펀지가 울고 있다
콩 한 알이 울어야 할 슬픔을
모두 뻗어내고
거룩한 울음 앞에
우두커니 서서
쉼표로 돋아난 발가락을
꼼지락거린다

슬픔 없는 카톡

잊혀진다는 건 슬픈 일이다

눈에 보이는 것이 다는 아니지만
보이지 않게 된다는 건
삶을 뚝 떼어내 버리는 기분

살아가는 일이
소멸을 향해 가는 과정이다
오늘도 어디선가 지워지는 하루
뜬금없이 누군가 나를 부른다

슬픔 없는 카톡
나는 거기서 가끔 사라짐을 꿈꾼다
전원을 끄듯 조용해지는 바다

비표준어가 잊히고
나는 잊어간다

살아가는 동안

그의 짐은 여기에 있으나 그의 삶은 여기에 없습니다.

그는 모두 다 잠든 시각에 이곳으로 들어와 아무도 모르게 밝은 아침 속으로 어느 순간 사라집니다. 누구도 그가 다녀간 사실을 알 리가 없지만 반복적으로 홀로 모양새를 만들어놓은 반바지가 어제와 다른 형태의 우물을 만들어놓았습니다.

그녀의 몸은 여기에 있으나 그녀의 삶은 여기에 없습니다.

그녀는 모두 다 잠들 때까지 모든 일을 마친 후, 모든 일에 그녀 자신의 일이란 없으나 그 모든 것들을 마친 후에야 자신의 시간을 가질 수 있습니다. 누구도 그녀의 삶을 살지 마란 말을 하지 않았으나 그 반복된 삶의 고리는 내일로 이어집니다.

살아가는 동안
그의 삶은 어디에 있습니까.
그녀의 삶은 무엇입니까.
살아갑니까.

아름다워서 슬픈 말들

당신과 헤어지고 돌아와
아름답고 슬픈 시간들을 헤아립니다

소풍

빗물

사랑

아침이면
다시 뜨는 해처럼

밤이면
다시 뜨는 별처럼

사라짐이 없다면
그 말들이 아름다울 수 없겠지요
더는
아프지도 않겠지요

그의 이름
— 전태일을 기리며

먼저 간 이름은 누구인가
뜨거운 조명 아래
먼지를 쌓으며
숨을 참는 자

어둠이 내리는 평화시장
간판마다 매단
어린 청춘의 호흡들
공중에서 그네를 탄다

시곗바늘 소리
밤새
두꺼운 먼지옷을 입고 꽉 막힌
환기통에 폐를 누빌 때
무거운 졸음에
혼자 저버리는 시든 꽃이 되어

너는 밤을 뛰어넘는

별이 되고
나는 말도 안 되는
주문을 외나니

멈추지 말라
소리 없이 잠들지 말라
너의 이름을
폐허 속에 파묻지 말라

나는
다시 타오르는 불꽃이 되리니
다시 피어나는 꽃이 되리니

증명사진

영 칼라
처음 보는 사진사
어디에 쓰실 건가요?

나를 증명해주세요.
어색한 내 모습을 두고
고개를 갸웃거리는 카메라

거울도 잘 안 보는 내게
사진을 찍는 일이란
자연스러운 것이 가장
불편해지는 순간이기도 하다.

사진을 찍어야만
똑바로 볼 수 있는 얼굴

행여 마주치지 못하고
마지막 순간을 맞이할 때
나를 증명해줄 사진을 들고

검사를 받아야 한다.

확인하듯 나를 보는 또 다른 눈을 마주하며
울지 않기로 한다.

우주의 행복을 누린다는 건

이른 아침에 일어나 잠자는 아이의 얼굴을 보는 것.
자는 아이의 감은 눈과 입술, 볼에 입맞춤을 하고 이불
을 덮어주는 것.

차가 많은 도로를 벗어나 길가 양옆으로 선 키 큰 나무
들 사이로 하늘거리는 이파리를 늘어뜨린 나뭇가지의 질
긴 생명력을 바람으로 느끼는 것.

흙이 틔우는 풀과 시절 꽃망울들의 맑은 인사를 받는 것.
파스텔톤 구름이 온 하늘을 덮어 잠시라도 어디에 있는
지를 잊게 되는 것.
무더위를 피하여 그늘진 곳에서 숨 돌리는 것.
어둠이 내려와 두 다리를 뻗어 쉴 수 있는 시간 속에서
평화로운 밤을 맞이하는 것.

밝으면 밝은 대로, 아프면 아픈 대로 맞이해주는 친구
가 곁에 있는 것.
거리낌 없이 나누는 차 한 잔과 산책, 떠나고 돌아오는

여행을 통해 삶에서 만나게 되는 아름답고 자연스런 오늘.

봄밤

겨우내 기다렸던 나무의 꽃들이
제각각 먼 곳으로부터 있는 힘을 다하여
봄물을 끌어모은다

송이마다
하나의 희망을 담아
오로지 한 철을 살다 가기 위하여
봄볕을 향해 행진한다

제 생이 그러한 것을 다 알고도
시작하는 끝이란
얼마나 정확한 계산이던가

한 생의 무게가
빈 들녘의 고요 속에서
피었다 지는 한 송이 꽃처럼 사라져간다

주홍빛 가로등이 눈물처럼 번지고
하얀 꽃송이들

불빛을 이고 낙하한다

저 불빛들 따라가면
그대에게 다다를 수 있을까

해파리의 노래가 울려요

뼈가 없는 나는
물결의 흐름에 몸을 맡겨요.
내 몸은 고깃덩이
파도에 휩쓸려도 부서지지 않아요.
해안가 모래사장으로 밀려들어
일광욕을 쪼여도
부서질 뼈가 없으니 나는 영원히 살 수 있죠.
밀물이 들어올 때까지
내 호흡은 햇빛에 말라가지만
나의 노래는 마르지 않아요.
다시 물에 맡겨 바다로 돌아가
푸른 어머니의 품에서 노래하리니
나의 목소리는 투명한 그릇이 될 테요.

4부

한 줄의 시
— 윤동주의 '쉽게 씌어진 시'에 부쳐

어두운 밤을 지나
새날이 찾아와도
어디에도 없던 시절

머나먼 나의 고향
그리운 어머니
정답던 목소리들
가만히 말을 건다

창밖을 서성이며
긴 어둠 속에
흐르는 빗물은
내가 써야 할 한 줄의 시

잃어버린 땅에서
목마른 희망을 부르며
날마다 써내려간다

바라봄

색이 다른 비둘기 두 마리
전신주 위에 앉아
한쪽 날개씩 치켜들고 귓속말을 한다

언젠가는 석양에 더 가까운 곳으로 가보자고
여기보다 더 먼 곳으로

신호등이 바뀌는 거리를 내려다보는
회색과 흰색 비둘기 단 둘이
꼼짝도 않고 단 둘이
지는 해가 먼 산 뒤로 넘어가기를 기다리고 있다

붉게 물드는 도시 위에서
서로의 곁을 지켜주며
보호색 속으로 점점 하나가 되어간다
같은 곳을 바라보는 것만으로도 이미 충분한데
또다시 속삭인다

라일락 편지

잊고 있었다.
봄밤, 봄비, 밤비

문득 돌아보니
잊고 있던 당신과의 약속

떠나지 않은 시간들이
보슬보슬 내린다

꽃이 피어나는 봄밤
숨죽여 내리는 밤비

봄꽃이 소리없이
눈물을 흘린다

밤비에 조금씩 목을 늘이는
빗방울 모양의 라일락 몽우리

라일락이 피면

만나러 갈 당신
봄밤에도 안녕하신지

그 향기가
사뭇 그립다

꽃 피는 아몬드나무의 바탕

쇠약한 신경으로
조카의 파란 눈망울을 생각하네
단단하게 익은 상처의 가지마다
변덕스런 바람이 숨을 고르고
설익은 햇발이 연한 봄을 어루만지고 간다

사랑의 꽃이 피는
아몬드나무

하늘에 번진
코발트블루의 바탕 사이로
하얀 꽃이 아기 입술처럼 피어난다

조도에 따라
조금씩 색이 바뀌는 그림들
바다를 몰고 갔다가
해를 등지고 돌아온 목소리 들린다

아기 빈센트,

너는 나의 모든 사랑이야.

목소리를 아껴둔 화가의 마음
아몬드나무 바탕으로 사위어간다

오랜 일기

짧은 시간 안에 책 한 권을 구해야 했다
책 한 권을 빌리는 것은
마음을 빌리는 것과 같아
그 사람의 양식을
내가 잠시 빌어 와 먹는 것이다
그러다 고스란히 되돌려
그 마음 그대로를 돌려주는 것이다
누군가에게 책을 빌린다는 것은
한 사람의 중요하고 소중한 것을 얻어오는 일이기에
조심스러워지는 것이고
한 권의 책을 사는 것보다
훨씬 더 어려운 일이다
책을 절대로 빌려주지 않는다는 이도
편하게 가져다 읽으라는 이도
책을 소중하게 여기는 이들이다
한 마디의 말이라도 생각해서 해야 하는 것처럼
말에는 책임이 뒤따르고
사랑이 아니어도 상처가 되는 일은
언제나 말 한 마디로 시작된다

책으로 시작된 대화에서
누군가의 마음을 읽는다는 건
아픈 일이다

오 촉 전구 같은 사람

깜빡 깜빡 점멸되는 형광등처럼
잊은 듯 만났다가
다시 헤어져도
크게 아쉽지 않은 사람

집에 가는 길
갑자기 차가워진 바람에 문득
어묵을 같이 먹자고 할 사람

못난 속사정 다 얘기하고
밤새 들어주고 나누어도
하나 부족할 게 없는 사람

간절함으로 부르는 이름이 아닌
가볍게 흘려버리는 인연

백 촉짜리 번쩍이는 찬란함이 아닌
칠흑 같은 어둠 속에서 반짝
바로 눈앞을 밝힐 수 있는

오 촉짜리 빛이 되는 사람

바람에 스치듯 지나가도
언제든 생각나면
좋은 사람

연기가 아니라 수증기입니다

— 연기가 아니라 수증기입니다 —
대학로 한 지하상가에서 지상으로 붙여놓은 글귀
건물 안에서는 무언가 증발되어간다
거리에는 물에 잠식당한 연기와 물을 품은 수증기가 만
나고
상품 광고가 아닌 오해하지 말라는 짙은 호소가
사랑 같아서 그의 숨은 눈물이 보이는 것만 같아서
거리가 비틀거린다

사랑이란 이름 안에 머물렀던
안전한 생각
안전이란 믿음 안에 머물렀던
사랑이란 이름
사랑은 불완전하기에
사위어가는 연기가 되고
피어오르는 수증기도 된다
제대로 타버리고
제대로 사라지고
거리에는 봄의 연기와 여름의 수증기가

횡단보도를 오간다
손에는 아이스 아메리카노
물방울이 맺힌다

이글거리던 사랑이
흐릿하게 걸어간다

사이프러스의 별자리

책 냄새를 맡으면 내 키가 성큼 자라나요
총알배송으로 날아온 글자는 무표정한 얼굴로
나의 심장을 읽을 뿐이죠

사이프러스 나무가 뱉어낸
가녀린 별빛들이 들썩이며 울음을 삼켜요
끝을 알 수 없는 밤하늘로
멀어지고 잊히는 빛의 구렁

무게가 없고 촉감이 없는 겨울 하늘 장막으로
계절의 절반, 지구의 4분의 1, 보이지 않는 수평선 너머
흘러들어온 표정이 지나가요
명화산책 큐레이터의 담론은 앞장과 뒷장을 컷,
일그러진 두 볼을 패러디하죠

서로 다른 행성에서 온 별들이 표정을 읽고
정의내린 착각이 돌고 돌아 선을 그려요
기억은 때때로 안경 낀 세상처럼 선명해져
모서리마다 각이 선 얼굴로 서투른 포물선을 잡아당겨요
〉

흔들린 가지에서 쏟아낸 잎사귀의 빛들을
흑막의 배경에 압정으로 꽂아두어요

소풍 가는 날

비가 보슬보슬 내리는 충무로를 걸었다
청계천의 짙어지는 물속으로 비파나무 졸음이 우거진다
오후의 빗방울은 꽃을 조문하듯 입술에 닿고
먼저 당도한 새들 묻지도 않은 길을 낸다
사랑하는 마음조차
혁명이라고 여기는 늦은 계절
저항을 저버린 이팝나무 꽃잎들이 바닥으로 투신한다
이 세상 소풍 끝내는 날,
아름다웠다고 말하는 시인의 얼굴에서
그의 입술이 겹쳐졌다
우산은 넓은 세상 속 안락한 보금자리가 되어
뚜벅뚜벅 물을 건너뛰고
사사로운 욕망들을 반복해서 흘려보낸다

돌아와 앉으면 비에 젖은 두 눈이
고스란히 어두운 방을 덮고 있다

당신을 사랑해서 슬프지만
고맙다고 안녕을 전하는 밤

달빛

빗물 머금은 구름 아래로
사월이 흐르고

왕벚꽃 겹치마 사이로
봄빛이 흐른다

적요한 가로등 하나
누운 길을 비추고

마른 지붕에 내려앉은
달빛에

당신의 이름을
수놓으며 밤을 지새운다

이별의 방정식

그와의 세계에서 안녕이라 했다
행복하세요
하나의 인연이 마지막으로 남기는 유언 같은 말
대답은 서성이다 흘렀다
우리는 그동안 너무 오래 서성였으므로
이제 하나의 우주와 작별해야 할 시간
김 서린 차창을 손바닥으로 닦으며
함께한 기억을 지워간다

죽음을 앞두고는
행복하라 말하지 마세요

가슴으로 파고든 하나의 숨이
커다란 구멍이 된다
차라리 침묵하길
아무것도 빌어주지 말고
마지막이라는 인사도 없이 떠나가
아무 일 없었던 것처럼
뜬금없이 흩날리는 눈발처럼

그의 목소리가 들려왔다

아무렇지 않게
쌀을 씻고 방바닥을 닦고
여린 눈을 훔쳤다고 말하지 않았다
여름에도 발끝이 시렸다

사랑이 그런 거라면

날이 선 당신의 말들은
내가 떠나기를 바라는 건가요
술에 취한 당신의 손은
내가 떠날까 두려운 건가요

사랑이 그런 거라면
나는 얼마나 더 모른 체
견뎌내야 하나요

서로에게 하는 말들이
깨진 거울이 되고도
어디까지 당신을 바라보고
어디까지 나를 내보내야 하나요

사랑이 그런 거라면
나는 얼마나 더
바보가 되어야 하나요

먼 데서 내려오는 눈송이들이

창밖으로 내민 손 위에서
쉬 사라져가네요
어쩌지 못하고 가는 것도 사랑이라면
나는 얼마나 더 사라져야 하나요

사랑이 그런 거라면
우리는 얼마나 더
고독해져야 하나요

사과나무 아래에서

당신이 계신 곳은
사과나무가 잎을 틔우기를 기다리는 곳이죠
그곳에서 당신은 나무를 가꾸고
죽은 나무 대신 새 나무를 심고
또 비료를 주네요

햇살은 당신의 머리 위에서 반짝이며
땅만 보며 일하는 당신을 내리쬐고 있네요

봄의 요정이 꽃봉오리를 세우면
나는 나무 아래에서 그림을 그려요
당신은 한 줄기 바람에 땀을 식히며
이따금 나를 보네요
그러면 나도 당신과 눈을 맞추고
당신을 향해 빙그레 웃지요

우리는 사과꽃이 다 피어나도록
그 곁을 지키며 사랑을 키우죠
우리의 꿈은 사과처럼 사랑이 영그는 것
〉

뜨거운 태양 아래 당신의 그늘이 되고
쏟아지는 빗줄기에 우산이 되어
오래도록 서로를 바라보고 지켜주는 것
그것이 우리의 꿈이지요

그대라는 시

고개 숙여 울고 있는 내게
세상은 그저 어두운 벽
혼자라고 느낀 이곳은
사막 한가운데였을지 몰라

갈 곳을 몰라 주저앉아버린 채
시린 바람에 흔들리던 시간들
웅크린 내 어깨 위로
가만히 다가와 손 올리던 그대

안개가 걷히고
바람이 잦아든다

그 어떤 말보다
힘이 되는 눈빛 하나로
오직 내게로 걸어오는
살아야 할 이유

슬픔도 꽃의 말로 받아 적는

그대라는 시

오롯이 품고 가는
꿈결 하나

도심의 직박구리

건물 옆 키 큰 나무로 찾아와
고개를 갸웃거리는 직박구리 한 마리

3층 커다란 창은 새장이 되어
각진 서류철을 쪼아대는 지저귐을 듣는다

도심 한복판에 찾아든 새들은
일거리 없는 중년처럼 외로워 보여
짙은 회색의 옷을 걸치고
긴 독백을 랩으로 읊조린다

새에게 그리움은
얼마나 큰 노래인가

사랑을 지저귀는 시간만큼
우리는 허공에서 두리번거리는 존재

서로에게 닿을 수 없는 거리에서
끊임없이 이름을 부르고 있다

사랑,

상처에 대하여만 쓰다가
슬픔에 대하여만 쓰다가
사랑에 대하여는 쓰지 못한다
습관처럼 커피를 마시고
습관처럼 우울이 찾아든다
아직도 나를 꺼내려 하는 시 쓰기
아직도 나를 깨려 하는 시 쓰기
아직도 나를 다 놓지 못하는 시
아직도 아직도 사랑에 흔들려서
놓지 못하는 그대
감히 사랑한다고
감히 아프다고
말할 수 없는 시
당신이 가버릴까 봐
당신에게 혹 가버릴까 봐
긴긴밤 시를 쓴다

침묵에 대하여

사람 사이의 갈등은 소통이 아닌
태도의 문제
말이 없음과 말 못함 사이에서
벼락이 친다

침묵에 불쾌한 기색을 드러내는
공격적 태세
둘의 사이는 이제
거리의 문제

다그치며 다급한 남자는
목표를 향한 전사처럼 달려든다
침묵에 대하여 알지 못하므로
기다림조차 알 수 없다

여자를 원망하는
무성한 말들 빼곡하다
남자는 사랑을 위해
사랑을 잃어버리게 될 운명
〉

위태로운 발버둥은
절벽만 남긴다
살아남는 것도 부질없던 여자는
커피잔 앞에서 말을 삼킨다

그 어디에도 공존할 수 없는 관계
진한 라떼가 식어간다

해설

부재의 통증과 그리움의 언어
— 권지영 시집 『아름다워서 슬픈 말들』

오민석(시인 · 단국대 교수)

1

　권지영의 시들은 자주 눈물을 흘린다. 그러나 그 눈물
은 평면적이지 않고 피카소의 「우는 여인」(1937)처럼 입
체적이다. 그것은 널리 '부재(不在)'에서 파생되는 눈물인
데, 그에게 있어서 부재는 사랑하는 사람의 그것일 수도
있고, 세상을 뜬 아버지의 그것일 수도 있으며, 모든 문학
이 꿈꾸는 '실재계(the Real)'의 그것일 수도 있다. 이런
점에서 마땅히 있어야 할 것의 '없음'이야말로 권지영 시
의 기원이자 동력이다. 권지영의 시들은 이 부재하는 중심
을 돌며 번지는 바람이고 별이고 꽃이다. 그것들은 물 위
에 떨어진 빗방울처럼 서로 연결되고 겹쳐지면서 크고 작
은 동심원을 그린다. 그것은 권지영의 기억 속에서 사라
졌다가 되살아나고, 되살아났다가 사라지기를 반복한다.
그러므로 권지영의 시들은 '부재'가 뿜어내는 기억이고,

상처이고, 슬픔이다. 부재의 빗방울은 삶의 캔버스에 떨어져 다양한 무늬를 그려낸다. 부재는 부재이므로 '현존(現存 Presence)'을 호출한다. 현존 앞에서 부재는 늘 결핍이고 고통이므로 욕구와 욕망과 그리움을 생산한다. 그러므로 권지영의 시들은 부재와 현존 사이의 팽팽한 길항(拮抗)이고, 빈번한 왕복 운동이다.

유리볼 외부로 여름이 흐른다. 어린 날 떠나갔던 아버지의 풍경은 드문드문 눈송이처럼 하얗게 날린다.
…(중략)…
유리볼 안은 눈이 나리고 바깥은 여름인 시차를 드문드문 짚어간다. …(중략)… 길 건너 골목 안으로 다시 또 눈이 나린다. 여름이 쟁쟁한 거리에서 건너편의 풍경이 흐림으로 떠돈다. 풍경의 외부로 저물어간 사내 하나 뚜벅뚜벅 눈 사이를 하얗게 걸어간다.
―「여름의 외부」 부분

화자는 "어린 날 떠나갔던 아버지", 즉 부재의 "외부"에 있다. '이곳'이 여름이라면, '저곳'은 겨울이다. '여기'가 '현재'라면 '저기'는 '과거'이다. 화자는 이렇게 내부/외부, 이곳/저곳, 여기/저기의 이항 대립을 그려낸다. 그리하여 '부재'는 닿을 수 없는 곳이 되고, 돌이킬 수 없는 사건이 된다. 그 "건너편의 풍경"은 멀리 있으므로 "흐림으로 떠돈다." "풍경의 외부로 저물어간 사내"는 이런 부재를 가리키는 기표(signifier)이다.

그리운 이의 이름은 찍히지 않는다
그의 목소리는 어디서 잠을 자고 있던가
나는 못 마시는 술에 취해
밤새 걸었다
강변에 가려 했으나
이 도시엔 강이 없다

…(중략)…

그리운 이름은 무채색으로 살아 있어
가끔 센서가 부착된 것처럼
적당한 타이밍에 나타난다
— 「하리보에 대한 명상」 부분

이 시에서 "그"가 누구인지는 분명하지 않다. 분명한 것은 "그"의 부재이다. 그는 전화에도 "이름"이 "찍히지 않

는다". 따라서 그는 이 세상 사람이 아니거나, 소통이 불
가능한 상태에 있는 존재이다. 문제는 화자의 의식이 부
재하는 그에게 늘 쏠려 있다는 것이다. 그러나 그에게 가
는 길은 없다. "강변에 가려 했으나" "강이 없다"는 말은
부재에 이르는 길의 부재를 가리킨다. "그"의 부재는 물리
적 부재이다. 그 부재를 존재로 끌어오는 유일한 방법은
주체의 '의식'밖에 없다. "그"는 물리적으로 부재하지만,
주체(화자)의 의식 속에는 "무채색으로 살아" 있다. 그리
하여 주체가 부재를 소환할 때, 부재는 "적당한 타이밍에
나타난다". 이 '소환'의 방식을 우리는 '그리움'이라 부른
다. 그러나 그리움은 늘 그리움 자체일 뿐, 대상을 현존으
로 전화(轉化)시키지 못한다. 이 불가능이 그리움의 지속
성을 초래한다.

나는 지금 시간 속에 있다
그는 나의 몸 어디에도 스치지 않으나
나는 그의 속에 깊이 들어와 있다
그의 품은 차갑지도 뜨겁지도 않고
나는 그 안에서 가끔 울음을 멈추며
그의 텅 빈 어깨에 기대어 멍하니가 되기도 한다
어디선가 어둠을 깨며 부스럭거리는 별빛 하나
그의 손끝에 닿은 허공이 어둠만을 토해낸다

삶이 가난해서가 아니라 가슴이 말라버려
별 보는 일도 잊어버린 날들
빈틈없이 꽉 들어찬 공허 속에서
고독의 자리마다 열리는 열매 한 알
빽빽한 시의 마디 어디에도 나는 없고
텅 빈 들녘 어디에도 나는 있다
언젠가 당신과의 조우에서
별똥별이 수놓을
시간의 바깥
　　—「시간의 바깥」 전문

　이 시야말로 권지영의 시에서 부재/존재가 가동되는 정
확한 방정식을 보여준다. (정체를 알 수 없는) '그'가 부
재의 상태에 있다는 것은 그가 "나의 몸 어디에도 스치지
않"는다는 진술에서 확인된다. 그럼에도 불구하고 "나"가
"그의 속에 깊이 들어와 있다"고 말할 때의 "나"는 "그"를
'향'한 '의식'으로서의 "나"이다. 객관적 현실에서 불가능
한 모든 일이 주관적 '의식'의 대상 지향성 안에서는 가능
해진다. 그 주관성 안에서 "나"는 "가끔 울음을 멈추"기도
한다. 물질적 공간에서 불가능한 일이 의식에서는 가능하
기 때문에, "나"는 부재의 "어깨에 기대어 멍하니가 되기
도 한다". "어디선가 어둠을 깨며 부스럭거리는 별빛 하

나"는 주관성의 환상을 깨우는 객관성의 신호이다. 객관성의 틈입에 의해 주관적 의식의 자유는 훼손된다. 그리하여 "그"의 "손끝에 닿은" 것은 "허공"임이 드러나며, "어둠만을 토해낸다". 의식의 주관성을 객관성의 세계에서 바라보면, 그것은 "꽉 들어찬 공허" 혹은 "고독의 자리"에 불과하다. 그러므로 "언젠가" 부재와의 "조우"는 오로지 물리적 "시간의 바깥"에서만 가능할 뿐이다.

2

권지영의 시들은 부재를 횡단하여 현존에 이르는 여정에서 쓰여진다. 그러나 부재의 횡단은 슬픔과 통증을 유발한다. 생각해보라. '없는 것'을 어떻게 가로지른단 말인가. 그것은 일종의 '헛발질'이어서 슬프지만, 문제는 부재를 경유하지 않고 현존에 도달할 수 없다는 것이다. 그러므로 현존의 아름다움은 부재의 슬픔을 전제할 때만 가능하다.

당신과 헤어지고 돌아와
아름답고 슬픈 시간들을 헤아립니다

소풍

빗물

사랑

아침이면
다시 뜨는 해처럼

밤이면 다시 뜨는 별처럼

사라짐이 없다면
그 말들이 아름다울 수 없겠지요
더는 아프지도 않겠지요
──「아름다워서 슬픈 말들」 전문

　슬픔은 부재를 뻔히 알면서도 그것을 껴안을 때 생겨난
다. 슬픔은 이미 사라진 것을 놓지 않을 때 발생한다. 부
재는 바로 그 '없음'의 동력으로 현존에 대한 욕망을 생산
한다. 헤어져 사라진 것이 다시 돌아오기를 바랄 때, 그리
고 그것이 이미 돌아오지 못할 것임을 알고 있을 때, 주체
의 정동(affect)은 슬픔의 옹이가 된다. 그러나 '없는 것'
을 꿈꾸는 것이야말로 모든 문학의 행위이다. 시는 부재

에서 현존을 꿈꾸는 슬픈 언어이다. 그러나 바로 그 지점, '상징계(the Symbolic)'의 끝에서 언어화가 불가능한 경계를 넘어 몸을 던지는 파열의 순간에 문학의 '아름다움'이 생겨난다. 표제작이기도 한 위 시의 제목이 "아름다워서 슬픈 말들"인 이유이다. "자아는 상처를 받을 때라야만 말을 한다. 내가 충족되었을 때, 또는 그랬다고 기억될 때 언어는 소심해 보인다. 나는 언어 밖으로, 다시 말해 일반적인 것, 시시한 것 밖으로 이송된다."(롤랑 바르트 R. Barthes, 『사랑의 단상』) "충족"은 "일반적인 것, 시시한 것"을 부른다. 그러나 시적 "언어"는 충족이 아니라 '결핍' 혹은 부재의 순간에 입을 연다. "상처를 받을 때라야만 말을 한다."는 바르트의 전언이 바로 이 이야기이다. 여기에서의 "말"은 "시시한 것"과 대척점에 있는 것이므로, '독특한 것', '특수한 것'으로서의 '문학 언어'이다. 문학은 부재의 통증 속에서 "아름다움"을 키운다. 권지영은 "아름다워서 슬픈 말들"이라 하였지만, 이 말은 역으로 '슬퍼서 아름다운 말들'과 하등 다를 바 없다. 문학은 상처받은 결핍의 주체가 '현존'을 지향할 때 생겨난다. 그러므로 "슬픔은 '동요하는' 에너지의 집중"(『검은 태양: 우울과 멜랑콜리아』)이라는 줄리아 크리스테바(J. Kristeva)의 지적은 정확하다. 권지영의 시들은 부재에서 현존을 향하며 "동요"하고, 그 흔들리는 에너지를 집중할 때, 그의 시가 나온다. "사라짐이 없다면 / 그 말들이 아름다울 수 없겠지요"라는 진술이 이 과정을 설명해준다.

> 뼈가 없는 나는
> 물결의 흐름에 몸을 맡겨요.
> 내 몸은 고깃덩이
> 파도에 휩쓸려도 부서지지 않아요.
> 해안가 모래사장으로 밀려들어
> 일광욕을 쪼여도
> 부서질 뼈가 없으니 나는 영원히 살 수 있죠.
> 밀물이 들어올 때까지
> 내 호흡은 햇빛에 말라가지만
> 나의 노래는 마르지 않아요.
> —「해파리의 노래가 울려요」 부분

이 시는 시가 부재/현존이라는 이항 대립물의 양자택일이 아니라, 그 사이에서 "동요"하는 것임을 잘 보여준다. 시는 이런 점에서 고체가 아니라 액체이다. 시는 규범을 거부하여 범주를 끊임없이 탈영토화(deterritorialization)시킨다. "부서질 뼈가 없으니" "영원히 살 수 있"다는 표현은 액체성으로 무장된 시의 힘을 보여준다. 시는 모든 형태의 위계와 분류를 마구 횡단하며 '흔들림'의 그림을 그려낸다. 권지영의 시는 이렇게 부재하는 것을 버리지 않고, '없는 것' 위를 횡단하며 '온전한 존재'를 욕망한다. 그러나 부재는 바로 그 결핍 때문에 '슬픔'을 생산하고, 그 슬픔은 '아름다움'으로 전화된다. 권지영의 시 속에서 부재와 현존은 마치 "뼈가 없는" 해파리처럼 경계를 허문다.

3

권지영의 시에서 부재의 통증이 아름다움으로 건너가는 다리는 바로 '그리움'이다. 슬픔이 슬픔으로만 주저앉을 때, 슬픔은 아름다움으로 전화되지 않는다. 권지영은 슬픔의 고체를 흔들어 그리움의 액체를 만들고 현존에 다가갈 문을 조금씩 연다. 그 과정에서 슬픔은 자신의 '뼈'를 서서히 잃어가고 그리움으로 형태 변용(metamorphosis)한다.

기다림의 끝에 가닿을 숨겨진 섬
먼 그리움을 이끌고 다시 떠오른다
 ―「당신의 모리셔스」 부분

"숨겨진 섬"은 적어도 물리적으로는 '부재'하는 섬이다. 바로 그 '안 보임', '없어짐', '사라짐'이 화자의 슬픔의 진원이다. 그러나 권지영의 시적 화자들은 부재한 것을 잊어버리거나 버리지 않는다. 권지영의 화자들은 부재할수록 그것을 더욱 찾는다. 이 찾음의 정동이 바로 '그리움'이다. 위 시에서 보듯이 "그리움"이라는 연결체가 "숨겨진 섬"(부재)을 "다시 떠오"르게 한다(현존). 그의 시 중에서 「슬픔에 상상씨를 뿌려요」라는 제목의 시가 있는데, 여기서 말하는 "상상씨"야말로 부재의 현실에서 현존의 이상(ideal)을 연결하는 시인의 역능(力能)이다. 시인은 슬픔을 슬픔으로 놔두지 않고 그것을 아름다움으로 변용시키고, 부재를 부재로 놔두지 않고 현존으로 끌어당긴다. 그리하여 "슬픔에 상상씨를 뿌"리는 순간 슬픔/아름다움, 부재/현존 사이의 화학반응이 시작된다. 이것은 이분법을 죽이고, 대립항들을 용해시켜 서로에게 스며들게 한다. 그리하여 서로 다른 것들끼리의 상호내주(페리코레시스 perichoresis)가 일어난다. 부재는 현존 안에, 현존은 부재 안에 존재하는, 이 모순의 그림이 시가 된다.

폐허의 심장에 불을 끄고
세상의 울림이 더는 빛나지 않았다
방문이 열리고 빛이 새어들까 두려워

옷소매에 고개를 파묻고 먼지처럼 고요히
다시 젖은 세상을 닦고
소매를 털어내며 주위를 외면한다
햇빛은 통곡하기에 적절하고
정적은 눈부시도록 구겨진다
　　　　　　　　　—「미망에 관하여」 부분

　　화자는 "빛"을 회피하지만, 역설적이게도 "빛은 통곡하
기에 적절"하다고 말한다. 여기에서 "빛"은 회피함의 대상
이자, 동시에 드러냄의 통로이다. "빛" 안에 서로 다른 질
료들이 섞여 있다. 화자는 "빛이 새어들까 두려워"하지만,
동시에 바로 그 빛 때문에 "통곡하기에 적절"한 공간을
만난다. 이렇게 이분법이 충돌하며 와르르 무너지는 장소
에서 시가 피어난다. 시가 '중층언어(重層言語)'인 이유
가 바로 이것이다. 권지영의 시들은 먼 외곽에 부재와 현
존의 이분법을 걸어놓고, 그 사이에 '그리움' 혹은 "상상
씨"의 다리를 걸쳐놓는다. 이 다리를 통하여 대척점에 있
는 것들이 서로 섞이고 서로에게 들어간다. 그러므로 권
지영에게 있어서 부재의 통증과 그리움의 언어는 따로 노
는 것이 아니다. "상상씨"에 의해 상호내주하며 권지영 시
의 전체적인 얼개가 된다.

연두로 물들이는 세상 아래
촉촉한 스펀지가 울고 있다
콩 한 알이 울어야 할 슬픔을
모두 뱉어내고
거대한 울음 앞에
우두커니 서서
쉼표로 돋아난 발가락을
꼼지락거린다
　　　　—「스펀지」 부분

이 시에서도 우리는 "슬픔"과 "울음"이 "쉼표"로 돋아
나 "발가락을 꼼지락거"림을 본다. 권지영에게 있어서 슬
픔의 마지막 덩어리인 "거대한 울음"은 존재의 끝, 즉 비
(非)존재가 아니다. 그것은 존재에서 비존재로 넘어가는
순간, 다시 살아나 발가락을 꼼지락거린다. 이 꼼지락거
림이 존재와 비존재, 존재와 현존 사이의 경계를 부순다.
"확인하듯 나를 보는 또 다른 눈을 마주하며 / 울지 않기
로 한다."(「증명사진」)는 고백은 이질적인 것들의 연쇄 속
에서 슬픔을 슬픔이 아닌 다른 것, 가령 아름다움 같은 것
으로 전회(轉回)시키는 시인의 복잡한 사유를 보여준다.

한 생의 무게가
빈 들녘의 고요 속에서
피었다 지는 한 송이 꽃처럼 사라져간다

주홍빛 가로등이 눈물처럼 번지고
하얀 꽃송이들
불빛을 이고 낙하한다

저 불빛들 따라가면
그대에게 다다를 수 있을까
―「봄밤」 부분

이 시에서도 우리는 비존재로 전락하고 있는 것들에서
그것 너머의 다른 것을 꿈꾸는 화자를 만난다. 그러므로
권지영에게 있어서 사라짐은 사라짐으로 끝나지 않고, 부
재는 부재로 끝나지 않는다. 그는 삶의 한 축에 멈추지 않
으며 서로 다른 축들을 끌어당겨 섞이게 한다. 이 이질적
인 것들의 '섞여 있음', 상호모순적인 것들의 동시적 존재
야말로, 우리가 '배리(背理)'라 부르는 삶의 속성이기 때
문이다. 권지영은 삶의 배리들을 이곳저곳 들쑤시며 슬프
고 아름다운 문장들을 만들어낸다.

달아실시선 28

아름다워서 슬픈 말들

1판 1쇄 발행	2020년 7월 30일
1판 2쇄 발행	2022년 7월 10일
지은이	권지영
발행인	윤미소
발행처	(주)달아실출판사
책임편집	박제영
디자인	전형근
마케팅	배상휘
법률자문	김용진
주소	강원도 춘천시 춘천로 257, 2층
전화	033-241-7661
팩스	033-241-7662
이메일	dalasilmoongo@naver.com
출판등록	2016년 12월 30일 제494호

ⓒ 권지영, 2020
ISBN 979-11-88710-73-7 03810

- 이 도서의 국립중앙도서관 출판예정도서목록(CIP)은 서지정보유통지원시스템 홈페이지(http://seoji.nl.go.kr)와 국가자료공동목록시스템(http://www.nl.go.kr/kolisnet)에서 이용하실 수 있습니다.(CIP제어번호 : CIP2020027988)
- 잘못된 책은 구입한 곳에서 바꿔드립니다.
- 책값은 뒤표지에 표시되어 있습니다.